KB275223

깐다

깐다

마이노리티시선 44

깐다

지은이 이상호
펴낸이 조정환
책임운영 신은주
편집부 김정연
홍보 김하은

펴낸곳 도서출판 갈무리 등록일 1994. 3. 3. 등록번호 제17-0161호
인쇄 2015년 12월 13일 발행 2015년 12월 19일
종이 화인페이퍼 출력 경운출력 인쇄 예원프린팅
라미네이팅 금성산업 제본 일진제책

주소 서울 마포구 동교로18길 9-13 [서교동 464-56]
전화 02-325-1485 팩스 02-325-1407
website http://galmuri.co.kr e-mail galmuri94@gmail.com

ISBN 978-89-6195-120-3 04810 / 978-89-86114-26-3 (세트)

값 7,000원

* 이 시집은 경남문화예술진흥원에서 제작비를 지원받았습니다.

이 도서의 국립중앙도서관 출판시도서목록(CIP)은 서지정보유통지원시스템 홈페이지(http://seoji.
nl.go.kr)와 국가자료공동목록시스템(http://www.nl.go.kr/kolisnet)에서 이용하실 수 있습니다. (CIP
제어번호 : CIP2015033770)

깐다

이상호 시집

갈무리

시인의 말

글을 쓴다는 것은 늘 두려움이다
그렇게 한 편 한 편 세상을, 삶을 담으려고 했지만
아직 서툴다

어제와 오늘 사이에 달라진 것이 많다
직업도 사는 곳도 나이도 생각도
바뀌고 먹고 늘었다
그러나
바뀌지 않은 것이 있다
아니
바뀌면 안 될 것이 있다
마음이다
"처음처럼"의 마음이다
내가 살아왔고 살아갈 숱한 사연들 속에
오늘 다시 새겨둔다
"처음처럼"을

차례

1부

2부

3부

1부

종이상자 하나

햇살이 환한 아침
골목 입구가 왁자지껄하다

손수레를 끌며 모자를 눌러 쓴 할머니
공공근로 조끼를 입은 세 분의 할머니
서로를 향해 언성이 높다

공공근로하며 쓰레기나 줍지
종이상자는 왜 챙기느냐는 말에
신경질 내며 던져지는 종이상자

너 나 할 것 없이
온종일 발품 팔아 건지는
종이상자 하나
밥줄이 걸렸다

사랑방

우리 동네 쉼터 같은
구멍가게 하나 있다

오십여 년
장승처럼 골목 입구에 자리한 가게
새벽부터 한밤까지
김 노인 부부가 교대로 지키는데

손재주 좋은 김 영감님
냉장고, 선풍기, 텔레비전, 탁자 등
나오기만 하면 장인처럼
뚝딱뚝딱 고쳐

텔레비전도 켜 놓고
선풍기도 틀어 놓은
간이 평상

오늘도
막걸릿잔을 든 어르신들
선풍기 바람 맞으며

텔레비전 소리보다 크게

살아가는 소리 시끌벅적하다

깐다

손 영감님
골목길에 퍼질러 앉아
오늘도 전선을 깐다

명예퇴직으로 까이고
경비직에서 까이고
이젠
할머니에게서도 까였는지

입 앙다물고
까이고 까인 삶에서
한 푼이라도 벌어 볼 양

시커먼 속 같은
시커먼 전선만
까고
또
깐다

참 글

노인 복지관 글짓기 수업시간
틀린 글자를 바로잡아 준다

〈연뽥은〉을 〈연붉은〉으로
〈세로〉를 〈새로〉로
〈세월이 유서 같다〉를 〈세월이 유수 같다〉로 고쳐 쓰며
문득
한 생을 한세월을 생각한다

〈유수〉보다는 〈유서〉 같은 삶
고친다고 고칠 수 없고
바꾼다고 바꿀 수 없는
〈유서〉 같은 글을 본다

수업시간

노인복지관에서 한글 수업을 할 때

육이오를, 보릿고개를
넘기신 분들 앞에

가나다라 가르쳐 준다고
선생님, 선생님 부르며 반겨주시는 분들

"이 선생은 부모님께 잘하겠다."

알고 계셨던 것일까
넌지시 던지시는 말씀에

얼굴이 확 달아오른다

노인 쉼터에서 봉사 활동하다 받은 전화 한 통

치매 초기에 우울증까지 겹쳤다며 아내에게 병원 간 이야기를 듣고도 내일 내일 하며 직접 찾아가지 못했는데 어머니한테서 전화가 왔다

애들은 학교 잘 다니나 내는 괜찮다 아무 일 없다 내 걱정 말고 니 할 일이나 잘 해라 알았제

역주행

이른 아침
허리 굽은 할머니 한 분
한 짐 실은 손수레를 미는
발걸음이 가볍다

한산한 도로를 거꾸로 가며
노년의 삶을 거꾸로 밀고 가며
손자 손녀의 깔깔거리는 웃음 대신
불안한 아침을 알리듯
강판 부딪히는 소리가 요란할 때

쏜살같이 달려오는 차 한 대

골목이야기

언제쯤 어디에 재활용품이 나오는지
손금보다 더 잘 아는 골목

마흔 넘은 정신지체 2급 아들과
칠순이 넘은 어머니
삐걱거리는 손수레 끌고
골목골목을 다니는 소리 들린다

손수레가 무겁다고 투덜대는 아들
달래는 소리 들린다

분리수거하는 날이면
왜 같은 시간에
같은 곳에 재활용품이 쌓이는지
왜 동네 사람들 꼼꼼히 분리해 놓는지
안다

풍경

교통사고라도 났는지
음주단속이라도 하는지
고장 난 차라도 있는지
벼라 별생각을 할 때
서서히 움직이는 차들

횡단보도 중간쯤
할아버지 한 분
급하게 그러모은 듯 가슴에 안은 종이들
흔들리고 있는 불안한 몸

짐짝 피하듯
제 갈 길만 가는 차들

아내의 외출

방 청소를 하다 우연히 보았다는
장인어른의 메모장

아들딸들과
영화 보기
외식하기
1박 2일 여행 가기

시집, 장가간 자식들에게
차마 하지 못한 말들
빨간 줄 그어지듯 항칠 된 단어들

병환 중에 쓴 바람 만들려
아내가 외출을 한다

2부

리프트

한순간 툭,
끊어질 것 같다

올리고 내리는 일은
늘 팽팽함이다

딸각 이는 스위치 소리가
기도문이 되어 울리는 하루

전원을 끄면
쳐진 와이어같이 주저앉는 몸

한순간도 놓시 못한 신상
팔뚝의 힘줄이
아직도 팽팽하다

※ 리프트 : 차량을 올리고 내릴 때 쓰는 기구

담쟁이

한 발짝 나아갈
빨판 하나 갖다 붙이는 것도
얼마나 많은 더듬 수를 놓아야 할까

오늘과 내일 사이

벼룩시장

어디에 이렇게 생생한 길 있을까
어디에 이렇게 쉽게 찾을 수 있는 길 있을까

방 한구석에 앉아
달세, 전세, 주택, 아파트를 지나
경차, 중형차, 수입차를 지나
선반공, 용접공, 조립공, 영업 등
숱한 자리들이
시름을 잊게 하는

어디에 이렇게 화끈한 길 있을까
한 장 한 장 넘기는 순간마다
희망의 길 불끈불끈 솟나가
쉽게 구겨져 버리는

몸의 기억

분필을 쥔 손이 떨린다

온 신경을 곤두세워도
순간순간 떨림을 막을 수 없다

컴프레서 소리로 하루를 시작하고
임팩트로 조으고 또 조으며
악착같이 살아온 날들

한순간의 산업재해
이제는 바뀐 직업으로
분필을 손에 쥐었지만
아직도 손이 떨린다

노동의 기억처럼
오늘이 흔들린다

빨래집게

놓지 않는 것들 있다
아니 놓아서는 안 되는 것들 있다
놓지 않으려 제 몸의 전부를 받치는 것들 있다
스스로는 한순간도 놓지 않겠다며
한 생을 거는 삶들 있다
단 한 순간 놓아버리는 때가 언제일지 모르지만
그 한순간이 올 때까지
오직 입 앙다물고 세월을 버티는 것들 있다
내 아버지가 그랬고
내 어머니가 그랬다

참새

참새를 줍는다는 말
거짓말인 줄 알았다

어스름 새벽녘
밤늦게 뿌려 놓은 술지게미
새벽 안갯속에서도
파닥이는 소리만으로 잘도 줍는 사촌 형이
그렇게 부러울 수 없었다

그 후 십몇 년
고향을 떠나
참새처럼 새벽 인력시장
먹이를 찾는다는 형

초저녁 몇 잔 마신 술에
비틀거리며 일어서는 형의 모습
꼭 그날 참새를 닮았다

날기 위해 파닥거리는
살기 위해 비틀거리는

멈출 수 없는

밤새 비가 왔다는데
그 비에 빨래가 젖어 푹 젖어
허리를 다친 사람처럼 건조대가 휘어졌는데

그 밤사이
누구는 뇌졸중으로 쓰러졌다는데
누구는 정리해고되었다는데
누구는 공장이 부도났다는데
휘어진 건조대처럼
언제 쓰러질지 모른다는데

그래도 여전히 빨래를 널어야 하는데

로비 문

로비 문 앞에서 당신의 대답을 기다립니다.

모스 부호 소리 같은 신호음만 이어지고 몇 번을 눌러보아도 끊겨버린 전화선처럼 대답은 없습니다. 다시 번호를 누르며 SOS 요청을 하지만 육식 공룡의 거대한 입 같은 로비의 문은 끝내 열리지 않습니다

로비 문에서 현관문까지의 단절을 요구하는 숫자판의 세상과 신경 줄기 같은 전기선의 반응은 우리에서 나의 관계로 단절되는 신세계의 세상인지요

무중력의 공간처럼 전달되지 못하는 로비 문 앞에서 나는 다시 당신을 향해 숫자를 누릅니다

폐차

　　군데군데 긁히고 녹슬어 떨어지고 덜덜거리는 이 차를 타고 무던
히도 살아왔다 싶다 전국을 돌아다니기도 했고 가족들과의 나들이
출퇴근길 그 어느 곳에도 이 차의 바퀴 닿지 않는 곳이 없으니 저
바퀴 길 따라가면 청춘도 있겠다 싶다

　　때론 속 눈물 흘리며 외면한 정리해고 당한 자리, 만나고 헤어진
숱한 사람들 그 무엇 하나 추억 아닌 것 있으랴만 살아온 길 돌아
본다고 그 길 돌아갈 수 있을까 분해되는 문짝에 남은 긁힌 흔적
하나도 쉽게 눈을 떼지 못한다

주 5일 수업

주 5일 수업한다고 좋아했다
아이들은

주 5일 수업을 반가워했다
학원 가는

주 5일 수업이 관광산업을 발전시킨다고 했다
전문가들은

그러나

주 5일 수업에 아이들 돌볼 시간 없다 했다
맞벌이 부부는

주 5일 수업이 빈부 격차를 느끼게 한다고 했다
시민단체는

그래서

주 5일 수업이지만 토요일은 방과 후 수업으로 한다 했다

교육부는

백년대계 교육에 비상구가 없다

광고

"열심히 일한 당신 떠나라."

"손님은 왕이다."

현란하게 바뀌는 화면에
나도 떠나고 싶고
나도 왕이 된 듯한데

"일자리를 달라."

"비정규직을 정규직화 시켜 달라."

수십 년의 외침에도
여전히 펄럭이는 현수막들

저 광고들 앞에
나는 여전히
오늘이 불안하다

엘리베이터를 타지 않는다

학습지 교사는 엘리베이터를 타지 않는다

오늘도
아파트에서 주택으로
주택에서 아파트로
종종걸음이다

친구들과 약속도 선 듯 잡을 수 없고
가정사도 뒷전
아파도 쉴 수 없고
언제 대체수업 있을지 모르는
나날들

5층 정도는 뛰는 게 빠르다

비둘기 떠난 자리

조용한 길목
제자리를 지키는 놀이터

비둘기 한 쌍
먹이를 찾아 엉덩이를 흔들 때
후드득 내리는 비

얼룩진 콘크리트가 금세 말라버리고
비둘기 떠나간 자리
발자국 하나 남지 않은 순간

불현듯
나의 발자국도 하는

그 짧은 순간

가방

한때는 작업복을 넣은 가방을 메고 다녔다
-누가 볼까 부끄러웠다

한때는 시집 몇 권 넣은 가방을 들고 다녔다
-공장 다니는 놈이 영업하는 놈 같다는 소릴 들었다

한때는 늦깎이 대학 공부한다고 들고 다녔다
-잔업도 안 하고 간다고 눈치를 받았다

한때는 학원 수업 간다고 참고서를 넣어 다녔다
-실력 없는 선생이란 소릴 들을까 봐 노심초사했다

지금은 아이들 수업 교재 넣어 다닌다
-아직도 아는 것보다 모르는 것이 더 많다

속을 보기 전엔
무엇이 들었는지 알 수 없다

겨울, 골목길

눈은 일주일이 지나도 녹지 않았다

꺼졌다 켜지기를 반복하는
단 하나의 수은등이 골목을 지키고
낮과 밤사이를 바쁜 발걸음들이 오갈 뿐
여전히 눈은 녹지 않았다

앞서 불어온 바람이 골목에서 길을 잃어 헤맬 때
뒤쳐 불어온 바람과 섞이기도 했지만
얼어붙은 눈에는 관심이 없었다

어깨 낮은 지붕들의 골목길
아직도
햇살은 담을 넘지 못하고 있다

바람

마음 놓을 수도 없는데
훌훌 털어낼 수도 없는데

언제쯤 빈 꽃대를 위한 노래를 부를 수 있을까

3부

반가운 전화

월요일 오후 느닷없이 울리는 전화. 가뭄에 콩 나듯 할까 말까 한 전화. "어, 아들아!" 큰 소리로 부르니 대뜸 한다는 말. "어제 못한 아빠 전화기 속에 있는 게임 오늘 할 수 있어요." 무슨 큰 기대를 가졌던 걸까? 사랑한다는 말, 힘내란 말이라도 기대했던 걸까? "아빠, 오늘은 빨리 오시죠?" 어떤 대답을 해야 할까? 평일에는 일한다고 얼굴 못 보고, 일요일만큼은 가족과 함께하기로 한 약속 어기는 사이, 아들은 아빠보다는 게임이 더 필요해졌을까?

신발

질질 끌리는 아버지 신발을 신고, 골목을 헤매던 기억이 새삼스러운 것은 내 신발을 질질 끌고 가는 아이의 모습에서 아버지를 떠올렸기 때문일까.

마흔 갓 넘어, 생의 벽을 넘기지 못하고, 남겨진 신발만이 가족의 위안이었던 날들.

내 아이 앞에서 내 신발은 어떤 위안이 될까. 물음을 가져보는 것은 내가 아버지 나이가 되었기 때문일까.

아내와 아이들 앞서 걸어가며, 돌부리를 걷어내고 길을 터보지만 여전히 무게 중심을 잡지 못하고, 질질 끌려다니는 나의 하루.

신발은 아버지의 모습처럼 낡아가고
그 신발 속에 내가 있다

희망 사항

결혼하기 전부터
아내의 희망 사항은

남편이 쓸고 간 방바닥을 닦는 것이었다
밥을 푸면 반찬을 놓아 주는 남편을 보는 것이었다
저녁이면 가족들 손을 잡고 동네 한 바퀴 도는 것이었다
주말이면 하루를 함께 보내는 것이었다

때늦은 퇴근과 모임
주말도 없는 출근

십수 년이 지난 오늘
아이들이 훌쩍 커버렸지만
아내는
여전히
희망을 놓지 않는다

다시 병원에서

마취가 채 풀리지 않는 정신에
온몸 비틀리는 통증에도
문득 생각나는
그 날
그 모습들

잊은 듯이 살아왔는데
내 몸 어디쯤
기억의 줄기 남아
회귀본능으로
다시 이 자리에 누웠을까

환한 햇살이 창문으로 쏟아져 오는데
처음 다쳤던 그 날의 기억
멍한 정신을 뚫고
지나가는 오늘

어제보다 내일이 걱정인 것은
여전히 나을 수 없는 몸이
또 언제 이 자리에 오게 할까 하는

두려움 때문이다

압력밥솥

김빠지는 소리 들린다

아내와 말다툼을 하고
화를 참지 못해
씨근덕대고 있는데

칙, 칙, 칙

차진 밥 만드는 일이
함께 먹는 밥이
그리 쉬운 줄 알았느냐며

칙, 칙, 칙

동창회

철공소 노동자, 가우징 노동자, 통닭집 주인, 낚시가게 주인, 버스 기사, 중소기업 사장, 학원 강사 등. 아이들을 키우는 아버지, 남편, 노부모를 모시는 가장, 더러는 아직 총각으로, 고향에서 고향을 지키며 삶의 터전을 마련해온 친구들.

무엇이 되겠다는 어떻게 하겠다는 생각도 없이, 참새 떼처럼 냇가로 들판으로 몰려다니던 날. 지는 해가 야속했던 어린 시절. 한자리에 모여 웃고 떠드는 사이 하늘엔 무지개 걸렸다.

기억 하나

빨랫줄에 널어놓은
아이 점퍼가 없어졌다

바람에 날려갔을까
내가 잘못 보았을까
이리저리 찾아보다
문득 떠오르는 기억 하나

반쯤 열린 대문 사이로
유난히 빛나던 하얀 운동화 한 켤레
신문을 돌릴 생각보다
가슴에 품고 뛰었던

아무리 찾아도 보이지 않는
아이의 점퍼 앞에서
나는 왜 다시 숨이 가쁠까

모순

처음 만난 사람들은
무릎 꿇은 나의 모습에 부담스러워한다

일일이 설명하기도 전에
겸손한 사람이라고 나를 평가한다

오늘도 수업하는 의자에 앉아
목을 뻣뻣이 세워야 하는
인공디스크의 효력과
허리에 박혀 있는
나사못을 이야기하지 않고
먼저 무릎부터 꿇은 나의 자세는 모순이다

지난 세월 너무 뻣뻣하게 살아와서인지
속으로 겸허해지지 못한 나를
인공디스크와 나사못이 창이 되어
하루를 겸허하게 살라며 가슴을 찌른다

이런 것

방울토마토 모종 몇
생의 줄기 뻗어
몸 곧추세우더니
비 오는 날
혼자서는 설 수 없다고
시위하듯
쓰러지는 거야

그래그래
지지대 하나 꼽아 주니
어깨 기댈 곳 있다고
의지 가지 할 곳 있다고
보란 듯
꽃피우는 거야

사는 게 이런 것이라고
이런 게 사는 것이라고

빨래를 너는 시간

얽히고 설긴
빨래를 풀어낸다

얽히고 설긴 날을 사는 일이 하루 이틀이겠냐 마는
잊혀 가는 사람들 떠올리며
기쁘고 슬펐던 축축함이
얽히고 설긴 빨래 같아
잠시 주춤거리기도 하지만

탈수한 빨래가 햇빛에 금세 말라버리는 것처럼
괜스레 허탈해지기도 하는

빨래를 너는 시간

벽지를 붙이는 일

선 하나 점 하나 잇는 일도
세심해야 한다

붙여서 이은 벽지가
하나의 모양을 만들고
방 전체를 꾸미듯

아들과 딸이
아내와 내가
함께 할 풀을 만들고
옹기종기 붙어살 벽지를 자르는 일

그렇게
하나를 만드는 일

마흔

십여 개의 콩나물 통에 고추, 상추 등 심었지
매일 아침 물을 주며 어서 자라기를 바랄 때

어느 날 채소보다 먼저 자라는 잡초를 본다
새순을 내밀며 하루하루 쑥쑥 자라는 잡초
무엇 하나 제대로 이루지 못하고
무엇 하나 제대로 지켜내지 못한
아등바등 살아온 잡초 같은 날들

하나씩 뽑아내는 손이 흔들린다
든든한 뿌리 하나 내리지 못해 흔들리는 것일까

마흔을 훌쩍 넘겼다

달팽이

방수포장의 계단을 따라 옥상으로
오르는 달팽이를 보네

얼마나 헤맨 길 찾기인지
계단마다 남겨진 끈적한 흔적
미로 같네

비 그친 아침
남아 있는 빗물의 길 거슬러
쉴 곳을 찾아가는
저 지독한 인내
저 아득한 움직임

달팽이의 길 찾기 같은
출근길 나서네

고추 같은

뜨거워야 익는 것이 있다

초록에서 주홍으로
여름의 뜨거움 몸으로 받아들이며
속에서 서서히 익어 가며
발화의 정점으로
조용히 제 모습 갖추어 가는 게 있다

빨갛게 빨갛게 익은 고추 같은
그런
시 한 편 쓰고 싶다

딴 주머니

꿈을 꾸어도 당신은
가족의 행복이다
나는 즐거움이다

놀러 가도 당신은
돈이 적게 든다는 무학산 둘레길이다
나는 둘레길 끝난 막걸리 집이다

대목 선물을 사도 당신은
친정집보다 시댁이고 값싸고 좋은 것 찾는 발걸음이다
나는 더욱 더 좋은 것만 생각한다

나는 당신의 마음을 못 따라가고
나는 당신의 마음을 헤아려주지 못했다

오늘 나는
딴 주머니를 가지고 싶다
그 무엇도
그 누구도 아닌
당신만을 위한 사랑의 통장 하나 만들고 싶다

4부

윤활유

현관문을 열자
삐걱 이는 쇳소리가 먼저 반긴다

며칠 전부터 언제 한 번 들리라 했는데
쇳소리는 안중에도 없고
손자들 목소리에 들뜬다

윤활유를 뿌린다
골고루 스며들어 더는
쇳소리 나지 말라며
뿌리고 또 뿌려보지만

정작 당신 몸에서 삐걱 이는 관절염
윤활유가 되지 못하는 자식은
가슴에서 자꾸 삐걱 이는 소리가 난다

인심

고무대야 서너 개에
고추를 키우셨는데요

골목길 오가시는 어르신들
그놈 참 싱싱 하다시며 하나둘 따가셨는데요

어느 날
고추 꽃만 남기고
여물지도 않은 고추 다 따갔다고
어머니 목청 빨갛게 달아오르셨다는데요

한여름 땡볕에
고추들이 대롱대롱 약 올라갈 즘

괜스레 마음 쓰여
국수 말아 어르신들 부르시고
그 고추 된장에 푹푹 찍어 드셨다는데요

약 오른 인심
매운 고추 맛에

화끈하게 풀어졌다는데요

하회탈

갑자기 허약해진 어머니
마지막 소원인 양
보고 싶다던
해금강을 찾았지
유람선 위
함박눈을 맞으며
바다에 정신을 놓듯
애써 웃음을 짓던 당신

그때 그 길을 걸어가며
여전히 해금강은 잘 있다고
옛이야기 뭉텅
저 바다에 흘려보내고
그때 그 기억 잊었는지
손자 손녀 손을 잡고
발걸음
힘차다

누구에게 하는 이야기일까
"내 언제 또 올끼다"

하회탈같이 환하다

어머니

바람도 불지 않는데
툭,
목련꽃 떨어졌다

오늘은 어떤 일이 있더라도
어머니께 안부 전화라도 해야겠다

텃밭

병원에 입원 중인 어머니
몸보다 밭에 심어 놓은 작물 걱정이 앞선다

잡초들이 걱정만큼이나 웃자라 있는 텃밭

철마다 손수 지은 작물 챙겨주시며
이런 일이라도 할 수 있어 행복하다는 그 말씀
주인 잃은 텃밭에 공허하게 퍼지는데

나는 잡초 같은 존재는 아니었을까

외면

한 달에 두 번
꼭 정기검진을 위해 가야 하는 병원
어머니는 온갖 걱정이 많으십니다

전화로 듣고 모시고 갈 때마다 듣는 말씀들
차 조심해라, 몸 챙기며 살아라
녹음기 되풀이하듯 또 하십니다

늦은 출근길을 서두르며 갈 길 재촉할 때
어머니는 여전히 바라보고 계시고
골목길 돌아 모습 보이지 않자
또 일상에 젖어듭니다

둥글게 둥글게

매사 둥글게 살아라

모나지도 않는데
정을 맞지도 않았는데
그렇다고 둥글지도 않아서인지
아직도 자리 잡지 못한
떠돌이

그 또한 당신의 업이라며
둥글게 둥글게 몸을 마는 어머니 앞에

왜 나는 둥글지 못헤
모나게 변해 가는지

어머니는 여전히
둥글게 둥글게 살라 하시는데

기술자

한낮
TV 속 기술자 이야기를 보면서
한 십 년쯤이면 알지
그래 한 이십 년 하면 잘 알지
그래 맞아
혼자 중얼대다가

정규직, 아 그래 몇 년 했지
하다가
그래도 비정규직이 더 많았지
하다가
삼십 년 사회 밥에
나는 하다가

기술자도 아닌
초보도 아닌
떠돌이 세상살이를
떠올리다가

"그게 기술잔 기다. 세상 풍파를 겪으며 자신을 돌보는 일이, 가족을 생각하고, 살아가는 일이 진짜 기술 잔 기라."

정리해고에 낮술에 취해
어머니 집에서 들은 말
아득히 생각나는
휴일 한낮

고향

외할머니 돌아가신 날
어린 삼 남매 손을 잡고
더디게 더디게 걷던
그 발걸음
그때는 몰랐었네

수십 년이 지난 한가윗날
텔레비전을 보시다
충북 영동군 학산면 지나가는 짧은 화면
갑자기 몸을 움찔하시는 어머니

그 화면 어디쯤
애써 잊으려 한 추억의 장소라도 지나갔을까
깊은 한숨 들릴 뿐
한동안 말씀이 없다

"가 본들 누가 있고, 누가 반겨 주겠노. 이젠 여기가 내 고향이고
내 죽을 곳이 제."

5부

돌탑

팔용산 돌탑 길 지날 때마다
그냥 지나치지 못한다

누가 먼저 시작했을까
실업에서 벗어나고 싶은 가장의 돌
안정된 직장을 바라는 비정규직의 돌
아픈 몸 바로 세우고 싶은 희망의 돌

하나둘 엉성하게 쌓인 돌을 본다
모난 돌 둥근 돌
서로서로 손을 잡고 있는 돌들 위에

나도 돌 하나 올린다

카트*

1

카트에 담을 수 있는 게 너무 많아
알록달록 포장에 눈이 가고
쌓고 또 쌓아
나만의 욕심의 이기를 가득 담고
무게의 중량만큼 무거운 소리를 내며
카트는 부드럽게 굴러가지

2

카트가 굴러 와
저 무게의 준엄성에 우리는 감사의 고개를 숙이지
과장된 목소리와 표정으로
하나의 바코드가 찍힐 때마다 한 줄씩 쌓이는 자본
어떤 일에도 어떤 상황에도
자존심과 불쾌감은
우리의 내일을 보장받을 수 없지

3

나의 존재는 가벼움으로 빛나지
채울 수 없는 욕망을 위해선

시간에 쫓기듯 비워지고
순서를 기다리며 나열되지
우리는 채워도 채울 수 없는
이 욕망의 선택을 위해 존재하지
오늘도 내일도

* 카트 : 영화 〈카트〉에서 따옴

송곳

노인 쉼터에서 만난

이름보다 합천 댁으로 불리는 김점순 할머니

얼굴 여기저기 피어난 저승 꽃보다

시커멓게 자리한

팔의 멍 자국 숨기느라

여름인데도 긴 옷을 입는다

아들에게 맞아 생긴 멍인 줄

쉼터 사람들 모르는 이 없는데

계단에서 넘어져 생긴 멍이라며

한사코 고개를 내 젓는다

누구에게도 쉽게

보여 줄 수도 이야기할 수도 없는

주머니 속 송곳 같은 멍

평생을 불거져 나와 가슴만 찌르는 아들

오늘도 밥이나 제때 먹는지

술에 취해 어디서 한뎃잠이나 자지 않는지 하시며

내가 죽어야지

내가 죽어야지
내가 죽으면 끝나지 하면서도
쉽게 잠들지 못하고 아들 걱정이시다

쌀밥을 앞에 두고

밥 대신 국수로
매 끼니를 때우던 시절이 있었다

오늘 하얀 쌀밥 한 그릇 앞에 두고
쉽게 숟가락 들지 못하는 것은
우리 쌀이 수입 쌀에 밀려난다는
아나운서의 열띤 표정 뒤에 펼쳐지는
황량한 들판이 지나고
벼농사를 포기한다는
포기하는 길이 살길이라는
농부의 역설을 들을 때
가만히 내 기억을 되돌려 보지만
잃어버린 고향 사라진 고향을
기억해 내지 못한다는 것을 잘 안다
막연한 두려움 따위는
잃어버린 고향을 되찾지 못한다는 것을 잘 안다
내 일상생활을 지배하는 것이
거대한 자본의 힘인 줄 안다

밀리고 밀린 힘없는 나라에서

강대국과 어깨를 나란히 할 수 없는
그 현실의 벽이라는 이야기를
나는 내 아이들에게 영영 설명할 길이 없다

오늘 쌀밥 한 그릇을 앞에 두고서

생구生口

한때는 생구生口였다

이제 우리는
너를 생구로 여기지 않는다
오로지 돈으로만 환산되는, 오늘
너는 생구의 권리마저 빼앗겼다

구제역을 차단한다는 명목 아래
안락사 독극물 주사(근육이완제)도 모자라
살아있는 생명을 한 구덩이에 생매장시키는
이 살 처분의 현장에서
발버둥 치며 절규하는 네 앞에서
자유로운 자는 누구일까

구제역에 살 처분당하고
턱없이 오르는 사룟값 핑계에
굶어 죽어야 하는 너

우리는
이제는 너를

생구라 부르지 않는다

생구라 부르지 않는다

반성한다

한때는 나랏일이 우선이라 생각했다
나라가 있어야 백성이 있다는 말을
찰떡같이 믿었던 때가 있었다

한 때는 지역이기주의라 생각했다
부안에 방폐장이 그랬고
청정지역인 김해 무척산 일대에
폐기물 소각장이 들어서는 것을 반대하는
주민들을 보면서 그렇게 생각했다

밀양을 관통하는
765 송전탑 문제가 불거졌을 때도
남의 일인 줄 알았다
이치우 어르신이 몸을 불살랐을 때도
나는 그 이유를 깊게 알려 하지 않았다

단순히 먹고사는 일이 바빠서
내 일이 아니라
내 사는 곳이 아니니까
나와 직접 관계되는 일이 아니니까

남의 집 불 보듯 그렇게 생각하고
그렇게 행동했다

나는 오늘 내 믿음을 반성한다
나는 오늘 내 생각을 반성한다
나는 오늘 내 무관심을 반성한다
나는 오늘 내 행동을 반성한다

통일과 통일

독서토론 수업을 할 때
남북 이산가족 문제에 대한 이야기가 나왔지

"통일을 하면 우리나라가 돈이 많이 들어 싫다."라는 태욱이
"남과 북이 합쳐지면 핵폭탄이 생겨 좋다."라는 승준이
"통일이 되면 유럽까지 기차 타고 여행 갈 수 있어 좋다."라는 윤
성이
"말이 달라 의사소통이 힘들겠다."라는 유정이

60년이 훌쩍 지난 시간
남과 북을 다른 민족으로 갈라놓고
전쟁이라도 일어날 것 같은 세상
아이들도 생각이 다르고
통일에 대한 기대감도 떨어지는데

가만히 듣고 있든 권우가 한마디 한다

"전쟁이 일어나면 어떻게 돼요?"

순간

나도
아이들도
통일이라도 한 듯
말을 잃었다

학습지 교사

월 말이면 말수가 줄어들고
소화마저 잘되지 않는다

교사의 사명감이나
학습의 질을 높이는 일보다
매출을 맞추고
신입생 숫자 늘리기에
전화기가 바쁘다

아이들 가르치는 선생이지만
학생들 눈치
학부모 눈치
팀장 눈치
지점장 눈치까지 봐야 하는
우리는 특수 고용직

교육은 미래다
백년대계라는 표어 앞에
눈을 크게 뜨고
귀를 쫑긋 세운

잘 길들여진 사냥개가 되어야 하는

나는 교사인가
외판원인가

역사에는 공소시효가 없다

"거창 사건은 1951년 거창군 신원면 일대에서 지리산 공비들이 경찰을 습격해 막대한 피해가 나자 육군 제11사단 9연대 3대대 병력이 같은 해 2월 9~11일 14세 이하 어린이 385명을 포함한 민간인 719명을 학살한 사건이다. 유족들은 1980년 이후 정부에 희생자 명예 회복 및 배상을 촉구했고, 1989년 10월 거창사건 관련자의 명예 회복 및 배상에 관한 특별조치법안이 발의되었지만 국회 임기 만료로 자동 폐기됐다. 그 후 1996년 1월 거창사건 특별법이 제정됐고, 2004년 유족들에게 보상금을 지급하는 내용의 개정 법률안이 국회 본회의를 통과했으나 당시 고건 대통령 권한대행이 국가 재정 부담 등을 이유로 거부권을 행사했다."

* 국제신문. 2012년 11월 25일 자 1면

섬진강 하구에 앉아

섬진강 하구에 앉아 우두커니 바라보노라니
저 물결 참 고요하기도 하다

언제 마음 한쪽이나마 고요한 날 있었을까
쉽게 떠오르지 않는데

물결 따라 마음 흘려보낼 때
문득
동학 농민군의 함성이 우왕 우왕 들려오고
일제에 저항하는 함성이 우왕 우왕 들려오고
여순사건의 핏물이 보이는 건 왜일까

바람 한 점 없는 한낮
환청인 듯 환영인 듯
한순간에 사라진 자리
섬진강은 묵묵히
제 갈 길을 가고 있었다

시적 진실과 갈망의 純度
이상호의 시

이월춘 (시인)

들머리

얼마 전 소설가 황석영은 신작 장편 『해 질 무렵』(문학동네)을 펴내면서 "쉴 새 없이 달려왔지만 돌아보니 걸어온 자리마다 폐허"라며 산업화 세대를 거쳐 온 지독한 허탈감을 토로했다. 산업화와 도시화의 폭력을 회한의 시선으로 되돌아보는 것이다. 개발의 연대 속에서 잃어버린 삶의 가치를 회복하고자 하는 작가의 정신을 읽을 수 있어서 반가웠다. 이 작품에서 풀은 계층과 세대가 다른 인물이 실제로는 똑같이 고통받고 고뇌하는 민초의 구성원임을 암시하는 상징적 이미지가 된다(박해현)는 평가가 재미있다. 또한, 시집 '폐허를 인양하다'(창비)를 펴낸 백무산도 오늘의 현실을 '인간의 폐허'로 묘사하고 있다. 세월호에서 인양할 것은 배가 아니라 희망으로 은폐된 인간의 폐허라고 절규한다. "세상을 바꾸는 것은 창검이 아니라 노래"라며 굳건한 현실의 벽에 틈을 만드는 리얼리즘 정신을 강조한다. 두 사람 다 그런 폐허에서 싹 트는 풀을 통해 오늘날의 서민 즉 민초를 표현하고 있다.

우리는 현실을 부정할 수도 없고 그렇다고 외면할 수는 더더욱 없다. 상상도 하고 꿈도 꾸고, 어리석게 착각도 하면서 살아야 삶의 공간에 행복도 찾아올 여유가 생기는 법이니, 너무 각박하게 꼭 짜인 궤도를 따라갈 일은 아닌 것 같다.

천천히 숙성된 갈망의 純度가 필요한 시대, 인간사 모든 충동적 욕구가 일정 시간 유보되면서 자체 검증의 시간을 가지는 것이 바람직하다. 즉각적 결과 도출이 아니라 은근하고 지속적인 숙성을 통해 간절함의 정점에 이를 때 얻을 수 있는 그것, 우리가 잃어버리고 사는 큰 가치일 것이다. 시인이 정치에 가까이 가지 말아야 하는 이유는, 가토 슈이치의 말처럼 정치는 어제의 충성이 오늘의 모반이 되고 말기 때문이다. 아직도 혁명을 꿈꾸는 시인이면 몰라도.

가을이 깊어간다 곧 落木寒天의 때가 오리라. 세상의 모든 순리가 익어가고, 다음 세대를 위한 준비의 시기다. 이런 결실과 준비의 시기에 창원에서 활동하고 있는 이상호 시인이 시집을 낸다. 창원 지역의 노동자 시인으로 이름을 알린 시인은 짧지 않은 시간 동안 노동 현장과 노동자들의 삶에 천착한 시를 써 왔다. 몸을 다쳐 근 3년여 산재 환자로 재활치료를 받기도 했다. 그로 인해 자동차 정비 공장 생활을 접고 난 후 학원 강사 등으로 일하다가 지금은 독서논술 교실을 운영하고 있는데, 생의 정면과 이면을 세심하게 살피면서 어둡고 낮은 곳에 따스한 시선을 주는 시인으로, 세상 가장 낮은 곳의 삶에 살을 부대끼면서 열심히 살고 있다. 그의 인생도 굴곡이 많았지만, 누구나 그런 사연은 있다고 보면 나면서부터 일을 해야 하는 우리 모두 노동자가 아닌가 하는 작은 각성에 이르게 된다. 그 노동에 얼마나 개인적 가치와 사회적 가치를 올곧게 담아내느냐의 의미 차이가 존재자 각각의 생을 결정짓는 것이지만.

현실인식의 슬픔과 희망의 딜레마

이상호 시인의 시적, 현실적 영역에 들어가려면 그의 이력을 대략적으로 살펴볼 필요가 있다. 그는 창원 지역의 노동자 문학 동인인 〈객토〉의 회원으로 이규석, 고 문영규, 배재운, 표성배 시인 등과 함께 해왔다. 객토란 땅심을 북돋우는 일이니, 문학이 운동에 복무해야 하느냐, 아니면 문학적 가치에 우선해야 하느냐로 갈등을 겪던 동인들에게 딱 어울리는 이름이니 동인의 문패로 그 아니 적당한가.

1990년 전후 그 암울한 시대, 공장과 학교(방송대), 노동자와 학생이라는 특수한 환경 속에서 만난 우리들은 시대의 아픔에 분노하고 무엇을 할 것인가에 대한 물음에 스스로 의기투합하였다. (중략) 먹고 사는 일과 배움에 대한 열망, 살벌한 노동 현장, 하루도 빠짐없이 쫓기던 시절, 마산 육호 광장, 창동 네거리, 코아 앞 불종거리에서 외치고 뛰고 숨고 막걸릿 잔을 부딪치며 마음과 마음이 뭉치는 것을 누가 방

해할 수 있었겠는가.

― 표성배, 객토문학 동인 8집, '객토가 걸어온 길'에서

따지고 보면 암울하지 않은 시대가 없었던 것 같다. 1970년대 유신독재의 시대, 1980년대 신군부독재의 시대, 그 후 유월 항쟁을 거쳐 민주화를 이루었지만, 표성배의 글에 나타난 것처럼 노동자인 '을'들에게 세상은 언제나 어둡고 힘들었다. 갈등과 반목으로 지금까지 점철되고 있는 우리 역사에 언제쯤 '통합과 화해'가 올까. 1990년 전후라 하지만 이미 그들은 1970년대부터 이어져 온 마창지역 노동자문학의 계보라고 보아야 한다. 최명학, 이소리, 정완희 등이 주도했던 '갯벌'과 당시 경남대의 '갯물' 동인들의 활동에 연계된 저항과 분노의 문학 그 연장선상에 있었으니까.

이번 시집의 원고를 넘겨받고 마음이 한결 넉넉해지고 따뜻해짐을 느낄 수 있었다. 첫 시집 〈개미집〉 이후 그는 사랑과 혁명의 시적 객토를 지나 원숙해진 사유와 서정의 깊이를 더해가고 있으며, 우리가 살아가는 이 어두운 현실의 그림자를 따스하게 끌어안는다. 세상을 보는 시선에 깔려있는 촉촉한 서정성이 시적 진실의 진술이 되기도 하고, 시적 대상에 대한 공감의 폭을 넓히고 있어 반갑다.

방울토마토 모종 몇

생의 줄기 뻗어

몸 곧추 세우더니

비 오는 날
혼자서는 설 수 없다고
시위하듯
쓰러지는 거야

그래 그래
지지대 하나 꽂아 주니
어깨 기댈 곳 있다고
의지가지 할 곳 있다고
보란 듯
꽃 피우는 거야

사는 게 이런 것이라고
이런 게 사는 것이라고
―「이런 것」 전문

우리네 삶에 지워야 할 얼룩이 어디 한둘인가. 농사꾼에게는 피 한 포기 없는 논 가꾸기가 자랑이고, 시인에게는 누가 읽어도 커억! 하고 가슴이 먹먹한 시 한 편 남기려고 날밤을 하얗게 밝히는 것일 진대, 몇십 년을 바친 시 밭에 피 반 나락 반이어서는 정말 곤란하지 않겠는가. 이런 마음으로 이상호 시인은 절차탁마하고 있는 것 같다.

시집 제목이 『깐다』로 약간 그로테스크한 느낌을 주지만 삶이

신산(辛酸)할수록 심성 따뜻한 그의 시들이 큰 위로가 된다. '까다'를 사전에서 찾아보면 동음이의어가 제법 많다.

자동사로 몸의 살이나 재물 등이 줄다, 타동사로 재물 따위를 축내다, 원금에서 이자를 까다, 콩깍지를 까다, 병아리를 까다, 정강이를 까다, 정부의 정책을 신랄하게 까다, 술 한 병 더 까다, 주사 맞기 위해 엉덩이를 까다 등에다가 속된 말로 허풍을 까다까지 다양하게 쓰이는 말이다.

물론 이 시집의 그것은 '콩깍지를 까다'처럼 껍질을 벗기 다의 의미로 쓰이고 있다. 하지만 그 뉘앙스는 약간 반골 냄새가 나지 않는가. '정부의 정책을 신랄하게 까다'의 '결함을 들추어 비난하다'의 의미가 중첩되기 때문일 것이다. 이런 생각을 하는 것은 어쩌면 당연하다. 왜냐하면, 시인은 원래 반골 기질이 강한 특유의 야성적 존재 아닌가. 특히나 이상호 시인은 마창 지역의 노동자 시인들의 모임인 〈객토〉 동인으로 오래 활동해 온 시인인 데다, 경남작가회의 회원으로 활동하고 있으니까.

그러나 내가 알기로 그는 무조건 삐딱하거나, 강성 외골수의 시인은 아니다. 가슴 깊이 여리고 감성 어린 심성을 가졌으며, 항상 다른 이를 배려하는 긍정의 시심을 갖고 있기 때문이다.

손 영감님
골목길에 퍼질러 앉아
오늘도 전선을 간다

명예퇴직으로 까이고

경비직에서 까이고

이젠

할머니에게서도 까였는지

입 앙다물고

까이고 까인 삶에서

한 푼이라도 벌어 볼 양

시커먼 속 같은

시커먼 전선만

까고

또

깐다

―「깐다」 전문

첫 연의 '까다'는 '껍질을 벗기다'의 그것이다. 둘째 연의 '까다'는
속된 말로 '남을 치거나 때리다'의 의미다. 시적 화자는 손 영감님
에게서 자신의 모습을 본 것이다. '명예퇴직으로 까이고', 겨우 찾
아 들어간 '경비직에서 까이고', 돈벌이 제대로 하지 못하는 家長에
게 가족들의 냉대까지. 경제 양극화의 시대인 요즘 오십 대의 슬
픈 자화상이 아니겠는가. 유모차를 끌고 독거할머니들은 종이 박
스나 폐지를 주워 하루를 연명하듯이, 고물 중에서 구리전선 같은

게 그래도 값이 나으니, 시적 대상은 어디서 주워온 전선을 까고 있다. 하지만 시적 화자는 스스로를 시적 대상과 동일시하고 있다. 따라서 이 시는 스스로에게 그 '시커먼 속'을 들이민다. '까고 또 까는' 반복적 행위를 통해 차오르는 욕지기를 참고 또 참는다. 도대체 이 막막한 현실을 어찌해야 하느냐는 절규가 느껴진다.

쉽게 쓴 시는 사람들에게 인기가 있다. 그러나 뭔가 아쉬운 점은 부인할 수 없다. 쉬운 시는 동시에 좋은 시라야 한다는 단서가 필요하다. 좋은 시는 평생을 가슴에 묻어두고 언제 어디서 꺼내 보더라도 꿈을 꾸게 하는 진정성을 가져야 한다는 말이다. 그러자면 시적 감정 처리를 안이하게, 값싸게 해서는 안 된다. 대책 없는 사랑, 이별, 고독, 죽음 등의 주제와 소재에 갇혀 정처 없는 길을 떠나서는 곤란하다. 그것이 시인의 깊은 체험에서 우러나온 것이 아니라 독자들의 인기에 영합하려고 끌어다 붙인 말초적인 감각에 의존한 것이라면 참으로 한심하다. 이것들이 정서를 위축시키고 역동적인 삶의 체험을 한없이 가벼운 상상으로 둔화시키는 역할을 해버리기 때문이다. 긴장이 너무 이완되고 정서적 깊이가 얕은 시는 얼마나 읽기 거북한가. 그야말로 미숙한 시는 활자공해에 다름 아니다. 적절하지 않은 수사를 나열한다든지, 단순반복의 리듬으로 독자들을 현혹하여 친화적으로 읽히게 한다면 시적 능숙함을 크게 왜곡하는 일이 된다.

이상호의 시는 참 쉽게 읽힌다. 그렇다고 유행가 가사처럼 일회성을 가지지는 않는다. 이번 시집의 시들은 일관성을 가진다.

놓지 않는 것들 있다

아니 놓아서는 안 되는 것들 있다

놓지 않으려 제 몸의 전부를 받치는 것들 있다

스스로는 한순간도 놓지 않겠다며

한 생을 거는 삶들 있다

단 한 순간 놓아버리는 때가 언제일지 모르지만

그 한순간이 올 때까지

오직 입 앙다물고 세월을 버티는 것들 있다

내 아버지가 그랬고

내 어머니가 그랬다

　　　　－「빨래집게」 전문

　이 안타까움을 어찌할꼬. '제 몸의 전부를 바쳐' '놓지 않는 것' 은 다름 아닌 삶이다. 시적 화자는 빨래집게에서 아버지와 어머니를 보고 스스로도 본다. 그걸 놓는 순간 모든 것은 끝나버리기 때문에 '입 앙다물고 세월을 버티는 것'이다. 아련하다. 마음이 무거워진다.

　객토 동인들의 고민이었던, 이념을 중시하는 운동시와 문학적 가치의 시 사이의 갈등에서 민중시 또는 순수시만이 의의가 있다는 주장은 억지이고 독선적인 논리일 것이다. 그렇다고 독자들의 주목을 받지 못한 시가 가볍다는 생각도 역시 획일적인 생각이다. 안 좋은 시는 유행가 가사처럼 오래 가지 못한다. 그런 의미에서 백무산, 김해화의 경우처럼 노동시의 범주에 드는 시라 하더라도 오래 읽혀지는 시는 결코 나쁜 시가 될 수 없다. 시는 인간으로 하여

금 진실한 삶의 가치를 눈뜨게 하고 완성시켜주는 예술적 양식이기에 진정한 가치를 가진 시는 어느 시기에건 그 가치가 드러나기 마련이다.

그렇다면 살아 있는 시는 어떤 시일까? 살아 있는 시는 유행에 매달리지 않고 시대를 초월한 시다. 시가 정서적 이유가 아닌 다른 목적으로 지나치게 기울어져 있으면 생명이 길지 않다. 그러나 삶을 정직하고 진지하게 노래한 것이라면 이야기가 달라진다. 그 향기는 사람들의 영혼에 울림을 주는 시다. 시는 원래 읽는 이마다 다르게 작용하고, 그 반응 또한 다르다는 것은 익히 알려진 일이다. 그래서 나는 시를 대할 때 첫 느낌을 대단히 중시한다. 삶을 철저하고 옹골지게 붙들고 가는 시, 누구나 갖고 있는 '소쩍새 우는 사연'을 아프게 감내하며 삶의 地境에 이르고자 하는 시, 시적 대상에 대해 적당히 떨어져 바라보는 시적 거리 조절이 잘 된 시, 가슴과 머리 중에서 가슴 쪽에 좀 더 많이 간 지점에서 생산된 시, 세계에 대한 시적 자아의 분명한 입장을 상투적 화법을 탈피하여, 시는 삶의 구체적인 곳에서 태어난다는 것을 보여주는 시가 그런 경우이다.

이상호의 시는 그런 대상에 대한 연민과 안타까움을 드러낸다. 삶의 고통에 묻어나는 들숨과 애환과 고뇌의 날숨으로 하루하루를 버티는 민초들의 삶은 그에게 시적 교과서가 되고 있으며, 노동자, 세입자, 독거노인에 이르기까지 따사로운 시선을 거두지 않는다. 첫 시집에서 보았던 설익은 구호나 시어 나열에서 한층 성숙미가 느껴지는 이유다.

가난과 권력과 시

(1) 햇살이 환한 아침
골목 입구가 와자지껄하다

리어카를 끌며 모자를 눌러 쓴 할머니
공공근로 조끼를 입은 세 분의 할머니
서로를 향해 언성이 높다

공공근로하며 쓰레기나 줍지
종이상자는 왜 챙기냐는 말에
신경질 내며 던져지는 종이상자

너 나 할 것 없이
온 종일 발품 팔아 건지는
종이상자 하나
밥줄이 걸렸다
―「종이상자 하나」 전문

(2) 언제쯤 어디에 재활용품이 나오는지
손금보다 더 잘 아는 골목

마흔 넘은 정신지체 2급 아들과

칠순이 넘은 어머니
삐걱거리는 손수레 끌고
골목골목을 다니는 소리 들린다

손수레가 무겁다고 투덜대는 아들
달래는 소리 들린다

분리수거 하는 날이면
왜 같은 시간에
같은 곳에 재활용품이 쌓이는지
왜 동네 사람들 꼼꼼히 분리해 놓는지
안다
―「골목 이야기」 전문

왜 가난하고 불평등할까. 전 세계 사회학자들이 고민하고 연구해도 풀리지 않는 영원한 인류의 숙제다. 경제 규모가 커지고 생산과 소득 총량이 엄청나게 증가했는데도 빈곤층이 줄기는커녕 오히려 늘고 있는 현상을 어찌 해석해야 할까. 가난은 개인의 책임인가, 아니면 사회의 책임인가. 전자는 개인의 잘못된 선택과 행위 때문에 발생한다 하고, 후자는 사회 구조와 권력의 분배가 왜곡되어 있어 생긴다는 주장이다. 어느 것이 옳다 그르다 할 순 없겠지만 좁은 소견으로는 문제 해결 방법론적 접근을 하고 싶다. 그러자면 자연히 가난을 사회 구조적 관점에서 봐야 할 것이다. 권력이 불평등

구조를 만들고 악화시키기 때문에 빈부 격차가 갈수록 커진다. 항상 그래 왔듯이 권력은 피고용자보다는 고용주, 노동자보다는 기업, 좌파보다는 우파에 이익이 되는 방향으로 재분배되었으며, 심화하는 빈곤과 불평등은 중립적인 시장의 힘이나 능력 차이에서 비롯되는 게 결코 아니라는 에드워드 로이스의 주장은 설득력이 있다. 오늘날 빈곤층은 임금 인상, 근로환경 개선 등을 요구하거나 정치지도자나 정부 정책에 영향력을 행사할 힘이 없다. 권력의 재분배가 이뤄져야 부의 재분배도 가능해지며, 이것이 국가의 책무요 존재 이유라고 말한다.

OECD 국가 중 노인 빈곤율과 자살률 1위의 나라, 복지 관련 지출이 꼴찌인 나라 대한민국이다. 이상호의 시는 이런 빈곤의 상황을 시적 대상으로 삼아 상황을 제시하고 있지만, 결국 시적 화자가 말하고자 하는 바는 양극화 심화의 병든 사회에 홀로 남을 것인가, 아니면 평등성 회복의 건강한 사회를 함께 일궈낼 것인가 하는 질문을 던지고 있다고 봐야 한다. 차제에 취약계층의 기본적인 삶을 보장해주는 것이 국가의 존립 근거라는 세계적 추세를 따라야 한다는 당위 아래.

(1)에서 시적 화자는 거리에 가득한 '숨비소리'를 듣는다. 해녀들의 숨비소리는 살기 위해 숨을 안 쉬다가(참고 참다가) 물 위로 나와 거칠게 내쉬는 숨을 말한다. 물 속에 들어가 물질 중에는 가슴으로 숨을 쉰다고 한다. 우리 사회 곳곳에서 화자는 민초들의 숨비소리를 듣고 있다. 시인다운 마음결에 정감이 간다.

그런데 그의 시는 비관적이지 않다. (2)의 재활용품을 주워 생계

를 이어가는 가난에 가슴이 먹먹하지만, 마지막 4연의 ‘분리수거 하
는 날이면/ 왜 같은 시간에/ 같은 곳에 재활용품이 쌓이는지/ 왜
동네 사람들 꼼꼼히 분리해 놓는지/ 안다’의 따뜻한 배려를 보고
있기 때문이다. 이것은 결코 값싼 연민이 아니다. 공자의 측은지심
이요, 가을날 감을 수확한 후 감나무에 몇 개의 잘 익은 감을 남겨
두는 우리 민족의 마음, 석과불식(碩果不食)의 정신이 아니겠는가.

밤 새 비가 왔다는데
그 비에 빨래가 젖어 푹 젖어
허리를 다친 사람처럼 건조대가 휘어졌는데

그 밤사이
누구는 뇌졸중으로 쓰러졌다는데
누구는 정리해고 되었다는데
누구는 공장이 부도났다는데
휘어진 긴조대처럼
언제 쓰러질지 모른다는데

그래도 여전히 빨래를 널어야 하는데
　　　　　　　　　　　—「멈출 수 없는」 전문

비에 젖은 빨래 건조대를 ‘허리 다친 사람’으로 비유하고 있다.
‘허리 다친 사람’은 다름 아닌 시인 자신이다. 공장에서 일하다가 허

리를 다친 기억은 잊혀지지 않는다. 무의식처럼 튀어나와 현실이 된다. 병으로 쓰러지거나, 정리해고와 공장 부도로 가난의 문으로 들어서거나 절망의 나락으로 떨어지는 불안 속에서도 '여전히 빨래는 널어야 하'는 현실을 부정할 수 없다. 그런데 살아있다는 인식, 살아야 한다는 절박함이 고통보다는 배려를 부르고 있다.

살아있는 생명이면 어떤 것이든 행복하기를 기원하는 불교의 '자애경'은 누구도 남들이 잘못되기를 바라지 말라는 가르침을 준다. 모든 생명을 향한 일체 포용의 생각을 자기 것으로 지켜내면서 온 우주를 모두 감싸는 큰 사랑의 마음을 가지라 가르친다. 심지어 미움도 敵意도 넘어선 너그러운 그 사랑을 말이다. 처음에는 내가 어려움에서 벗어나 건강하고 행복하기를 기원하고, 다음에는 내가 미워하는 그도 어려움에서 벗어나 행복하기를 기원하는 것이 진정한 자비심이요 폭넓은 측은지심이 아니겠는가.

'어쩔 수 없다'는 체념이 아니라 살아내는 것, 고난의 삶을 엮어가는 것에 대한 의지가 느껴진다. 성선설이나 성악설을 들먹이지 않더라도 인간의 본성은 맑고 그윽하며 품이 넓다고 믿는 이유를 그는 '그래도'라는 부사어 하나로 버텨 준다. 그런 면에서 시는 세상과 타인을 더 폭넓게 보는 눈을 틔워 줄 수 있는 것이다. 문학은 본래 남의 마음속으로 들어가서 자신이 경험하지 못한 일을 간접 체험하고, 남을 이해하고, 더불어 사는 길을 알려주는 것이 아니던가. 이상호의 시선은 지극한 마음이 물처럼 흐르고 번져서 스며들어간 측은지심의 손바닥 온기다.

마무리

　지금까지 이상호 시인의 시를 성글게나마 짚어 보았다. 어쭙잖은 글로 오히려 시인과 시를 욕되게 하지는 않았나 싶다. 그의 지속적인 글쓰기를 응원하면서 몇 가지 생각을 덧붙이면서 이 글을 마치고자 한다.

　왜 쓰는가. 시인의 내면에 자리 잡은 불안, 상처, 기쁨, 행복, 우울, 욕망과 같은 감정을 표현하기 위함이다. 시란 화자의 감정을 직접 드러내지 않으면서도, 소재를 통해서 시인의 가장 근원에 있는 심연의 세계를 표현하는 것이요, 시인의 성정을 드러내는 행위다. 그러나 시인이 시로써 표현한 것은 대상의 실체를 부분적으로 형상화한 것일 뿐 내면의 성정을 모두 표현할 수 있는 것은 아니다.

　글을 쓰는 데 가장 중요한 것은 테크닉이 아니라 글에 대한 마음이다. 마음의 바탕이 사물의 본질을 추구하는 데 있지 않으면, 인생의 희로애락과 인간 생로병사의 비의를 탐색하는 데 있지 않으면, 그는 작가가 아니라 단지 글을 쓰는 기술자이다. 공자가 시를 '사무사'라고 한 이유를 가슴에 새겼으면 한다는 이순원의 말은 경청할 필요가 있다. 그렇다고 애써 현실을 외면하는 순수지상주의나, 특정 이념에 자신의 사상을 고정시켜 외골수로 빠지는 민중주의, 혹은 파괴와 선동 위주의 혁명 주의를 경계하지 않으면 좋은 시를 쓸 수 있다. 모든 존재는 모순을 극복하면서 진화 발전하고 다시 생성된다. 새로운 생성을 모르는 특정 이념은 무의미하기 때문이다.

　　1970~80년대 우리 문학을 이끈 리얼리즘은 1990년대 이후 힘을 잃었다. 사회문제보다는 개인과 환상 탐구에 관심을 쏟았다. 그러나 세상은 돌고 돈다. 살기 힘들고, 세월호에 쌍용차 사태 등이 문학을 현실로 돌아오게 만들고 있다. 1970년대의 민중시가 뿌리 뽑힌 채 떠도는 소외계층을 주로 노래했다면, 분노를 삭인 채 충분히 절제된 언어를 사용하는 것이 지금 리얼리즘시가 추구해야 할 가치가 아닐까.

　　훌륭한 글이란 어렵고 멋진 글이 아니라, 쉽게 쓰고 이해할 수 있는 글이다. 글이란 고급스럽기 이전에 명료해야 하고, 자연스러워야 한다. 이상호의 시는 언어의 조탁 면에서 약간의 희미함이 드러나지만, 시적 의미가 주는 삶에 대한 성숙미가 큰 울림으로 다가와 신뢰감을 준다. 시인의 상상력과 삶에 대한 시선이 독자들의 공감을 불러일으킨다면 그 시는 일단 생명력을 가진다. 글을 쓰는 마음에 삿된 것이 없어야 한다는 뜻이다. 참 어렵다, 이 길. 이상호 시인의 지속적인 건필을 빈다.